AF461362

DISCOURS
PRONONCEZ
A
L'ACADEMIE FRANCOISE

Le 2. Ianvier 1685.

A PARIS,
De l'Imprimerie de PIERRE LE PETIT, Premier Imprimeur du Roy, & de l'Academie Françoise, ruë ſaint Jacques à la Croix d'Or.

M. DC. LXXXV.
AVEC PRIVILEGE DE SA MAJESTE.

Monsieur de Corneille ayant esté élû par l'Academie Françoise à la place de feu M. de Corneille son frere, & à quelques jours de là Monsieur de Bergeret Secretaire du Cabinet, Premier Commis de M. de Croissy Ministre & Secretaire d'Estat, ayant aussi esté élû à la place de feu M. de Cordemoy, ils vinrent tous deux prendre leur séance le 2. Ianvier 1685. & firent leurs remerciments à la Compagnie chacun selon le rang de leur reception.

REMERCIMENT

De Monsieur DE CORNEILLE.

ESSIEURS,

J'ay souhaité avec tant d'ardeur l'honneur que je reçois aujourd'huy, & mes empressemens à le demander, vous l'ont marqué en tant de rencontres, que vous ne pouvez douter que je ne le regarde comme une chose, qui en remplissant tous mes desirs, me met en estat de n'en plus former. En effet, MESSIEURS, jusqu'où pourroit aller mon ambition, si elle n'estoit pas entierement satisfaite? M'accorder une Place parmi vous, c'est me la donner dans la plus illustre Compagnie, où les belles Lettres ayent jamais ouvert l'entrée.

Pour bien concevoir de quel prix elle eſt, je n'ay qu'à jetter les yeux ſur tant de grands Hommes, qui élevez aux premieres Dignitez de l'Egliſe & de la Robe, comblez des honneurs du Miniſtere, diſtinguez par une naiſſance, qui leur fait tenir les plus hauts rangs à la Cour, ſe ſont empreſſez à eſtre de voſtre Corps. Ces Dignitez éminentes, ces honneurs du Miniſtere, la ſplendeur de la naiſſance, l'elevation du rang, tout cela n'a pû leur perſuader, que rien ne manquoit à leur merite. Ils en ont cherché l'accompliſſement dans les avantages que l'eſprit peut procurer à ceux, en qui l'on voit les rares talens qui ſont voſtre heureux partage : & pour perfectionner ce qui les mettoit au deſſus de vous, ils ont fait gloire de vous demander des Places qui vous égalent à eux. Mais, MESSIEURS, il n'y a point lieu d'en eſtre ſurpris. On aſpire naturellement à s'acquerir l'immortalité ; & où peut-on plus ſeurement l'acquerir que dans une Compagnie, où toutes les belles Connoiſſances ſe trouvent comme ramaſſées, pour communiquer à ceux qui ont l'honneur d'y entrer, ce qu'elles ont de ſolide, de delicat, & de digne d'eſtre ſceu ? Car dans les ſciences meſmes il y a des choſes qu'on peut negliger comme inutiles, & je ne ſçay ſi ce n'eſt point un defaut dans un ſçavant homme que de l'eſtre trop. Pluſieurs de ceux à qui l'on donne ce nom, ne doivent peut-eſtre qu'au bonheur de leur memoire ce qui les met au rang des Sçavans. Ils ont beaucoup leu ; ils ont travaillé à s'imprimer fortement tout ce qu'ils ont leu, & chargez de l'indigeste & confus amas de ce qu'ils ont retenu sur chaque matiere, ce sont des Bibliotheques vivantes, prestes à fournir diverses recherches sur tout ce qui peut tomber en dispute; mais ces richesses semées dans un fonds qui ne produit rien de soy, les laissent souvent dans l'indigence. Aucune lumiere qui vienne d'eux, ne débroüille ce cahos. Ils disent de grandes choses, qui ne leur coustent que la peine de les dire, & avec tout leur sçavoir estranger, on pourroit avoir sujet de demander s'ils ont de l'esprit.

Ce n'est point, MESSIEURS, ce qu'on trouve parmy vous. La plus profonde erudition s'y rencontre, mais dépoüillée de ce qu'elle a ordinairement d'épineux & de sauvage. La Philosophie, la Theologie, l'Eloquence, la Poësie, l'Histoire, & les autres Connoissances qui font éclater les dons que l'esprit reçoit de la nature, vous les possedez dans ce qu'elles ont de plus sublime; tout vous en est familier; vous les maniez comme il vous plaist, mais en grands Maistres, toûjours avec agrément, toûjours avec politesse; & si dans les Chef-d'œuvres qui partent de vous, & qui sont les modelles les plus parfaits qu'on se puisse proposer dans toute sorte de genres d'écrire, vous tirez quelque utilité de vos lectures; si vous vous servez de quelques pensées des Anciens pour mettre les vostres dans un plus beau jour, ces pensées tiennent toûjours plus de vous, que de ceux qui vous les prestent. Vous trouvez moyen de les embellir par le tour heureux que vous leur donnez. Ce ſont à la verité des diamants, mais vous les taillez, vous les enchaſſez avec tant d'art, que la maniere de les mettre en œuvre paſſe tout le prix qu'ils ont d'eux-meſmes.

Si des excellens Ouvrages dont chacun de vous choiſit la matiere ſelon ſon genie particulier, je viens à ce grand & laborieux travail qui fait le ſujet de vos Aſſemblées, & pour lequel vous uniſſez tous les jours vos ſoins, quelles loüanges, MESSIEURS, ne doit-on pas vous donner pour cette conſtante application avec laquelle vous vous attachez à nous aider à develuper ce qu'on peut dire qui fait en quelque façon l'eſſence de l'homme? L'homme n'eſt homme principalement que parce qu'il penſe. Ce qu'il conçoit au dedans, il a beſoin de le produire au dehors, & en travaillant à nous apprendre à quel uſage chaque mot eſt deſtiné, vous cherchez à nous donner des moyens certains de monſtrer ce que nous ſommes. Par ce ſecours, attendu de tout le monde avec tant d'impatience, ceux qui ſont aſſez heureux pour penſer juſte, auront la meſme juſteſſe à s'exprimer, & ſi le Public doit tirer tant d'avantages de vos ſçavantes & judicieuſes deciſions, que n'en doivent point attendre ceux, qui eſtant receus dans ces Conferences, où vous répandez vos lumieres ſi abondamment, peuvent les puiſer juſque dans leur ſource?

Je me voy preſentement de ce nombre heureux, & dans la poſſeſſion de ce bonheur, j'ay peine à m'imaginer que je ne m'abuſe pas. Je le repete, MESSIEURS, une Place parmy vous donne

donne tant de gloire, & je la connois d'un ſi grand prix, que ſi le ſuccés de quelques Ouvrages que le Public a receus de moy aſſez favorablement, m'a fait croire quelquefois que vous ne deſapprouveriez pas l'ambitieux ſentiment qui me portoit à la demander, j'ay deſeſperé de pouvoir jamais en eſtre digne, quand les obſtacles qui m'ont juſqu'icy empeſché de l'obtenir, m'ont fait examiner avec plus d'attention quelles grandes qualitez il faut avoir pour réüſſir dans une entrepriſe ſi relevée. Les illuſtres Concurrens qui ont emporté vos ſuffrages toutes les fois que j'ay ozé y prétendre, m'ont ouvert les yeux ſur mes eſperances trop préſomptueuſes. En me monſtrant ce merite conſommé qui les a fait recevoir ſi-toſt qu'ils ſe ſont offerts, ils m'ont fait voir ce que je devois taſcher d'acquerir pour eſtre en eſtat de leur reſſembler. J'ay rendu juſtice à vôtre diſcernement, & me la rendant en meſme temps à moy-meſme, j'ay employé tous mes ſoins à ne me pas laiſſer inutiles les fameux exemples que vous m'avez propoſez.

J'avoüe, MESSIEURS, que quand aprés tant d'épreuves, vous m'avez fait la grace de jetter les yeux ſur moy, vous m'auriez mis en peril de me permettre la vanité la plus condamnable, ſi je ne m'eſtois aſſez fortement étudié pour n'oublier pas ce que je ſuis. Je me ſerois peut-eſtre flatté, qu'enfin vous m'auriez trouvé les qualitez que vous ſouhaitez dans des Academiciens dignes de ce nom, d'un gouſt exquis, d'une penetration entiere, parfaitement éclairez, en un mot tels que vous eſtes. Mais, MESSIEURS, l'honneur qu'il vous a plû de me faire, quelque grand qu'il ſoit, ne m'aveugle point. Plus voſtre conſentement à me l'accorder a eſté prompt, & ſi je l'oſe dire, unanime, plus je voy par quel motif vous avez accompagné voſtre choix d'une diſtinction ſi peu ordinaire. Ce que mes défauts me défendoient d'eſperer de vous, vous l'avez donné à la memoire d'un Homme que vous regardiez comme un des principaux ornemens de voſtre Corps. L'eſtime particuliere que vous avez toûjours eue pour luy, m'attire celle dont vous me donnez des marques ſi obligeantes. Sa perte vous a touchez, & pour le faire revivre parmy vous autant qu'il vous eſt poſſible, vous avez voulu me faire remplir ſa place, ne doutant point que la qualité de Frere qui l'a fait plus d'une fois vous ſolliciter en ma faveur, ne l'euſt engagé à m'inſpirer les ſentiments d'admiration qu'il avoit pour toute voſtre illuſtre Compagnie. Ainſi, MESSIEURS, vous l'avez cherché en moy, & n'y pouvant trouver ſon merite, vous vous eſtes contentez d'y trouver ſon nom.

Jamais une perte ſi conſiderable ne pouvoit eſtre plus imparfaitement reparée ; mais pour vous rendre l'inegalité du changement plus ſupportable, ſongez, MESSIEURS, que lors qu'un ſiecle a produit un homme auſſi extraordinaire qu'il eſtoit, il arrive rarement que ce meſme ſiecle en produiſe d'autres capables de l'égaler. Il eſt vray que celuy où nous vivons eſt le ſiecle des miracles, & j'ay ſans doute à rougir d'avoir ſi mal profité de tant de leçons que j'ay receuës de ſa propre bouche par cette pratique continuelle que me donnoit avec luy la plus parfaite union qu'on ait jamais veüe entre deux freres; quand d'heureux genies, qui ont eſté privez de cet avantage, ſe ſont élevez avec tant de gloire, que tout ce qui a paru d'eux a eſté le charme de la Cour & du Public. Cependant, quand meſme l'on pourroit dire que quelqu'un l'euſt ſurpaſſé, luy qu'on a mis tant de fois au deſſus des Anciens, il ſeroit toûjours tres-vray que le Theatre François luy doit tout l'éclat où nous le voyons. Je n'oſe, Messieurs, vous en dire rien de plus. Sa perte qui vous eſt ſenſible à tous, eſt ſi particuliere pour moy, que j'ay peine à ſoûtenir les triſtes idées qu'elle me preſente. J'ajoûteray ſeulement qu'une des choſes qui vous doit le plus faire cherir ſa memoire, c'eſt l'attachement que je luy ay toûjours remarqué pour tout ce qui regardoit les intereſts de l'Academie. Il montroit par là combien il avoit d'eſtime pour tous les Illuſtres qui la compoſent, & reconnoiſſoit en meſme temps les bienfaits dont il avoit eſté honoré par M. le Cardinal de Richelieu, qui en eſt le Fondateur. Ce grand Miniſtre, tout couvert de gloire qu'il eſtoit par le floriſſant eſtat où il avoit mis la France, ſe répondit moins de l'eternelle durée de ſon nom pour avoir executé avec des ſuccés preſque incroyables les ordres receus de Louis le Juste, que pour avoir étabĺi la celebre Compagnie dont vous ſoûtenez l'honneur avec tant d'eclat. Il n'employa ni le bronze ni l'airain pour leur confier les differentes merveilles qui rendent fameux le temps de ſon Miniſtere. Il s'en repoſa ſur voſtre reconnoiſſance, & ſe tint plus aſſeuré d'atteindre par vous juſqu'à la Poſterité la plus reculee, que par les deſſeins de l'Hereſie renverſée, & par l'orgueil ſi ſouvent humilié d'une Maiſon, fiere de la longue ſuitte d'Empereurs qu'il y a plus de deux ſiecles qu'elle donne à l'Allemagne. Sa mort vous fut un coup rude. Elle vous laiſſoit dans un eſtat qui vous donnoit tout à craindre, mais vous eſtiez reſervez à des honneurs éclatans, & en attendant que le temps en fuſt venu, un des plus grands Chanceliers que la France ait eus, prit ſoin de vous conſoler de cette perte. L'amour qu'il avoit pour les belles Lettres luy inſpira le deſſein de vous attirer chez luy. Vous y receûtes tous les adouciſſements que vous pouviez eſperer dans voſtre douleur d'un Protecteur zelé pour vos avantages. Mais MESSIEURS, juſqu'où n'allerent-ils point quand le Roy luy-meſme, vous logeant dans ſon Palais, & vous approchant de ſa Perſonne ſacrée, vous honora de ſes graces, & de ſa protection ? Voſtre fortune eſt bien glorieuſe, mais n'a-t-elle rien qui vous étonne ? L'ardeur qui vous porte à reconnoiſtre les bontez d'un ſi grand Prince, quelque preſſée qu'elle ſoit par les miracles continuels de ſa vie, n'eſt-elle point arreſtée par l'impuiſſance de vous exprimer ? Quoy que noſtre langue abonde en paroles, & que toutes les richeſſes vous en ſoient connuës, vous la trouvez ſans doute ſterile, quand voulant vous en ſervir pour expliquer ces miracles, vous portez voſtre imagination au delà de tout ce qu'elle peut vous fournir ſur une ſi vaſte matiere. Si c'eſt un malheur pour vous de ne pouvoir ſatisfaire voſtre zele par des expreſſions qui égalent ce que l'Envie elle-meſme ne peut ſe deſendre d'admirer, au moins vous en pouvez eſtre conſolez par le plaiſir de connoiſtre que quelque foibles que puiſſent eſtre ces expreſſions, la gloire du Roy n'y ſçauroit rien perdre. Ce n'eſt que pour relever les actions mediocres qu'on a beſoin d'eloquence. Ses ornemens ſi neceſſaires à celles qui ne brillent point par elles-meſmes, ſont inutiles pour ces Exploits ſurprenants qui approchent du prodige, & qui eſtant crus, parce qu'on en eſt témoin, ne laiſſent pas de nous paroiſtre incroyables.

Quand vous diriez ſeulement, LOÜIS LE GRAND *a ſoûmis une Province entiere en huit jours, dans la plus forte rigueur de l'Hyver. En vingt-quatre heures il s'eſt rendu Maiſtre de quatre Villes aſſiegées tout à la fois. Il a pris ſoixante Places en une ſeule Campagne. Il a reſiſté luy ſeul aux Puiſſances les plus redoutables de l'Europe, liguées enſemble pour empeſcher ſes Conqueſtes. Il a rétably ſes Alliez. Aprés avoir imposé la Paix, faiſant marcher la juſtice pour toutes armes, il s'eſt fait ouvrir en un meſme jour les portes de Strasbourg & de Caſal, qui l'ont reconnu pour leur Souverain.* Cela eſt tout ſimple, cela eſt uni; mais cela remplit l'eſprit de ſi grandes choſes, qu'il embraſſe incontinent tout ce qu'on n'explique pas, & je doute que ce grand Panegyrique qui a couſté tant de ſoins à Pline le Jeune, faſſe autant pour la gloire de Trajan, que ce peu de mots, tout denuez qu'ils ſont de ce fard qui embellit les objets, ſeroit capable de faire pour celle de noſtre Auguſte Monarque.

Il eſt vray, MESSIEURS, qu'il n'en ſeroit pas de meſme ſi vous vouliez faire la peinture des rares vertus du Roy. Où trouveriez vous des termes pour repreſenter aſſez dignement cette grandeur d'ame, qui l'élevant au deſſus de tout ce qu'il y a de plus noble, de plus heroïque, & de plus parfait, c'eſt-à-dire de luymeſme, le fait renoncer à des avantages, que d'autres que luy rechercheroient aux dépens de toutes choſes ? Aucune Entrepriſe ne luy a manqué. Pour ſe tenir aſſuré de réüſſir dans les Conqueſtes les plus importantes, il n'a qu'à vouloir tout ce qu'il peut. La Victoire qui l'a ſuivy en tous lieux, eſt toûjours preſte à l'accompagner; Elle taſche de toucher ſon cœur par ſes plus doux charmes. Il a tout vaincu, il veut la vaincre elle-meſme, & il ſe ſert pour cela des armes d'une moderation qui n'a point d'exemple. Il s'arreſte au milieu de ſes Triomphes; il offre la Paix; il en preſcrit les conditions, & ces conditions ſe trouvent ſi juſtes, que ſes Ennemis ſont obligez de les accepter. La jalouſie où les met la gloire qu'il a d'eſtre ſeul Arbitre du deſtin du Monde, leur fait chercher des difficultez pour troubler le calme qu'il a rétabli. On luy declare de nouveau la guerre. Cette declaration ne l'ébranſle point. Il offre la Paix encore une fois, & comme il ſçait que la Tréve n'a aucunes ſuites, qui en puiſſent authoriſer la rupture, il laiſſe le choix de l'une ou de l'autre. Ses Ennemis balancent long-temps ſur la reſolution qu'ils doivent prendre. Il voit que leur avantage eſt de conſentir à ce qu'il leur offre. Pour les y forcer, il attaque Luxembourg. Cette Place, imprenable pour tout autre, ſe rend en un mois, & auroit moins reſiſté, ſi pour épargner le ſang de ſes Officiers & de ſes Soldats, ce ſage Monarque n'euſt ordonné que l'on fiſt le Siege dans toutes les formes. La Victoire qui cherche toûjours à l'éblouïr, luy fait voir que cette priſe luy répond de celle de toutes les Places du Pays Eſpagnol. Elle parle ſans qu'elle puiſſe ſe faire écouter. Il perſiſte dans ſes propoſitions de Tréve, elle eſt enfin acceptée, & voilà l'Europe dans un plein repos.

Que de merveilles renferme cette grandeur d'ame, dont j'ay oſé faire une foible ébauche! C'eſt à vous, MESSIEURS, à traiter cette matiere dans toute ſon étenduë. Si noſtre Langue ne vous preſte point dequoy luy donner aſſez de poids & de force, vous ſuppleerez à cette ſterilité par le talent merveilleux que vous avez de faire ſentir plus que vous ne dites. Il faut de grands traits pour les grandes choſes que le Roy a faites, de ces traits qui montrent tout, d'une ſeule veüe, & qui offrent à l'imagination ce que les ombres du tableau nous cachent. Quand vous parlerez de ſa vigilance exacte, & toûjours active pour ce qui regarde le bien de ſes Peuples, la gloire de ſes Eſtats, & la Majeſté du Troſne; de ce zele ardent & infatigable, qui luy fait donner ſes plus grands ſoins à détruire entierement l'Heresie , & à rétablir le culte de Dieu dans toute sa pureté ; & enfin de tant d'autres qualitez augustes, que le Ciel a voulu unir en luy pour le rendre le plus grand de tous les Hommes, si vous trouvez la matiere inépuisable , vostre adresse à executer heureusement les plus hauts desseins, vous fera choisir des expressions si vives, qu'elles nous feront entrer tout d'un coup dans tout ce que vous voudrez nous faire entendre. Par l'ouverture qu'elles donneront à nostre esprit , nos reflexions nous meneront jusqu'où vous entreprendrez de les faire aller , & c'est ainsi que vous remplirez parfaitement toute la grandeur de vostre sujet.

Quel bonheur pour moy, MESSIEURS, de pouvoir m'instruire sous de si grands Maistres! Mes soins assidus à me trouver dans vos Assemblées pour y profiter de vos leçons, vous feront connoistre, que si l'honneur que vous m'avez fait passe de beaucoup mon peu de merite, du moins vous ne pouviez le répandre sur une Personne qui le receust avec des sentimens plus respectueux, & plus remplis de reconnoissance.

REMERCIMENT

De Monsieur DE BERGERET.

ESSIEURS,

La grace que vous avez eu la bonté de m'accorder, me fait bien sentir dans ce moment ce que j'avois souvent pensé : que comme il n'est rien de plus avantageux pour un homme qui aime les lettres, que d'avoir une place dans vôtre illustre Compagnie : Il n'est rien aussi de plus difficile que de vous en remercier par un Discours, & de parler publiquement devant ceux que toute la France écoute comme les Oracles de nostre Langue.

J'ay déja éprouvé plus d'une fois que dés qu'on veut penser avec attention à l'Academie Françoise, aussi-tost l'imagination se trouve remplie & étonnée de tout ce qu'il y a de plus beau dans l'Empire des Lettres ; dans ce vaste Empire qui n'est borné ni par les montagnes, ni par les mers; qui comprend toutes les Nations & tous les siecles; dans lequel les plus grands Princes du monde ont tenu à honneur d'avoir quelque place, & où, MESSIEURS, vous avez l'avantage de posseder le premier rang.

J'avouë que si j'entreprenois de parler de toutes les sortes de merites qui font la gloire de l'Academie Françoise; je tomberois bien-tost dans le desordre; & il ne me serviroit de rien d'avoir quelque habitude de parler en public, & d'en avoir fait le ministere plusieurs années, en parlant pour le Roy dans un des Parlemens de son Royaume.

Mais je sçay, MESSIEURS, que dans les occasions comme celles où je me trouve, vous n'aimez pas qu'on parle de vous en vostre presence: & que pour suivre vos intentions, il faut, au lieu de vos loüanges, ne vous faire entendre que les éloges des Protecteurs de l'Academie, & de la personne à qui vous donnez un successeur. Et alors la consideration, que vous avez pour eux, vous fait écouter favorablement tout ce qu'on en dit; quoy que bien au dessous de leur merite, & de la maniere éloquente dont vous le diriez vous-mesmes.

J'avois l'honneur de connoistre l'Illustre Academicien dont j'occupe aujourd'huy la place; & je souhaiterois, MESSIEURS, d'en avoir encore le merite, & de pouvoir ainsi vous consoler de sa perte en la reparant. Il avoit joint toutes les vertus morales & Chreſtiennes aux plus riches talents de l'eſprit. Il eſtoit ſçavant dans la Juriſprudence, dans la Philoſophie, dans l'Hiſtoire ; & ce qui eſtoit encore en luy au deſſus de toutes ces ſciences qui s'acquierent par le travail, c'eſtoit une certaine preſence d'eſprit qui ne s'acquiert point, & qui le rendoit capable de parler ſans preparation avec autant d'ordre & de netteté qu'on peut en avoir en écrivant avec le plus de loiſir.

Mais je ne ſçaurois rien dire qui luy faſſe plus d'honneur, que ce qu'il a écrit luy-meſme. Ces beaux & ſçavants Traitez de Phyſique, cette belle & grande Hiſtoire de nos Rois ſont des monumens qui ne periront jamais. La mort ne luy a pas laiſſé achever ce dernier ouvrage ; mais quoy qu'il y manque pour eſtre entier, il ne manquera rien à la reputation de l'Auteur. On eſtimera toûjours ce qu'il aura écrit ; & on regrettera toûjours ce qu'il n'aura pas eu le temps d'écrire.

Combien eſt-il glorieux à la memoire du grand Cardinal de Richelieu, que des hommes ſi illuſtres ſe ſoient, ou formez ou achevez dans l'Academie Françoiſe, qui eſt ſon deſſein & ſon ouvrage ! Ce ſera toûjours pour luy un honneur tout particulier, & qui fera dire dans tous les temps, que non ſeulement il a fait les plus grandes choſes pour la gloire de l'Eſtat, mais qu'il a fait auſſi les plus grands hommes pour celebrer perpetuellement cette gloire. Car il eſt vray que tous les Academiciens luy appartiennent par le titre meſme de la naiſſance de l'Academie ; & ils ſont tous comme la poſterité ſçavante & ſpirituelle de cet incomparable Genie, qui a tant contribué à tout ce qui s'eſt fait de plus grand & de plus heureux dans le dernier Regne. La Politique des Eſpagnols renduë inutile; la Ligue des Imperiaux rompüe ; la flote des Anglois arreſtée ; la fureur meſme de la mer enchaiſnée & retenuë par cette digue prodigieuſe qui étonnera tous les ſiecles; & dans le meſme temps la rebellion domtée, l'Hereſie convaincuë, l'honneur des Autels reparé : Tous ces heureux évenemens ſont les ſages conſeils de ce grand Miniſtre d'Eſtat, qui a conceu, formé, élevé, protegé l'Academie Françoiſe.

Le celebre Chancelier qui luy a ſuccedé dans cette protection, aura toûjours part à la meſme gloire : & parmi toutes les vertus qui l'ont rendu digne d'eſtre le Chef de la Juſtice, on relevera toûjours l'affection particuliere qu'il a euë pour les lettres & qui l'a obligé d'eſtre ſimple Academicien, long-temps avant qu'il devinſt Protecteur de l'Academie. Ce qui luy eſt d'autant plus glorieux que ces deux titres ne peuvent plus eſtre réunis dans une perſonne privée, quelque éminente qu'elle ſoit en dignité ; Le nom de Protecteur de l'Academie, eſtant devenu comme un titre Royal, par la bonté que le Roy a euë de le prendre, & de vouloir bien en faveur des Lettres, que le Vainqueur des Rois, & l'Arbitre de l'Univers, fuſt auſſi appellé le Protecteur de l'Academie Françoiſe.

C'eſt icy, MESSIEURS, où je devrois vous parler de cet Auguſte Protecteur : mais à peine ay-je voulu prononcer ſon nom, que je me ſuis trouvé tout ébloui de ſa gloire ; & comment donc oſerois-je tenter de faire ſon éloge ?

Il ne ſert de rien pour cela d'avoir l'honneur de l'approcher quelquefois ; car comme il paroiſt encore plus grand à ceux qui le voyent de plus prés, il eſt auſſi par cette raiſon plus difficile encore à loüer pour eux que pour les autres.

On peut dire ſeulement que tout ce qu'il fait voir au monde n'eſt rien en comparaiſon de ce qu'il luy cache. Que tant de Victoires, de Conqueſtes & d'évenemens prodigieux qui étonnent toute la terre, n'ont rien de comparable à la Sageſſe incomprehenſible qui en eſt la cauſe. Et il eſt vray que lors qu'on peut voir quelque choſe des Conſeils de cette Sageſſe plus qu'humaine, on ſe trouve, pour ainſi dire, dans une ſi haute region d'eſprit, que l'on en perd la penſée, comme quand on eſt dans un air trop élevé & trop pur, on perd la reſpiration.

Mais cependant les grandes choſes qu'il a faites, n'eſtant pas moins l'objet des yeux que l'étonnement de l'eſprit ; il n'y a perſonne qui à la vuë de tant de merveilles également viſibles & inconcevables, ne puiſſe au moins s'écrier & ſe taire.

C'eſt là, MESSIEURS, tout ce que j'oſerois entreprendre, & me tenant renfermé dans les termes de l'admiration & du ſilence, je ne ceſſeray de me taire que pour nommer ſeulement les ſouveraines vertus que j'admire. Une Prudence qui penetre tout & qui eſt elle-meſme impenetrable; une Juſtice qui préfere l'intereſt du ſujet à celuy du Prince ; une Valeur qui prend toutes les villes, qu'elle attaque, comme un torrent qui rompt tous les obſtacles qu'il rencontre ; une Moderation qui a tant de fois arreſté ce torrent & ſuſpendu cet orage ; une Bonté qui par l'entiere abolition des duels prend plus de ſoin de la vie des ſujets qu'ils n'en prennent eux-meſmes ; un Zele pour la Religion qui fait chaque jour de ſi grands & de ſi heureux projets. Mais ce qui eſt encore plus admirable dans toutes ces vertus ſi differentes ; c'eſt de les voir agir toutes enſemble , & dans la Paix , & dans la Guerre , ſans difference ni diſtinction de temps.

Qui ne ſçait que la Paix a toûjours eſté pour le Roy un exercice continuel de toutes les vertus Militaires ? N'ont-elles pas éclaté juſque dans ces Jeux heroïques, dans ces Campemens, ces Sieges, ces Combats qui ſe faiſoient au milieu de ſa Cour, où il accoûtumoit ſes Soldats à la veille, au ſoleil, au feu , à la pouſſiere ; & où il formoit luy-meſme ſes Guerriers intrepides avec leſquels il a pris toutes ces redoutables villes , qui avoient eſté la terreur des plus grandes armées ?

C'eſt principalement par la maniere dont il a uſé de la Paix , qu'il s'eſt élevé au deſſus de la reputation des plus grands Capitaines ; toûjours agiſſant dans le repos public ; ſçachant prévenir le temps , & ne le perdant jamais ; fortifiant les Places qu'il avoit priſes & les rendant imprenables ; exerçant regulierement ſes Troupes , & les tenant toûjours en haleine ; rempliſſant toutes les provinces de ſon Royaume par ſes ſoins & par ſes ordres. Là ſe faiſoient des Magazins & des Arſenaux , ſources inépuiſables de toutes ſortes de munitions de guerre. Icy ſe formoient des Academies Militaires, établiſſemens admirables, pour ne manquer jamais de Soldats ni d'Officiers. Là ſe baſtiſſoient des Ports d'une beauté & d'une grandeur extraordinaire. Icy ſe fabriquoient des vaiſſeaux dignes de la Conqueſte du monde; & par tous ces paiſibles exploits de ſa Sageſſe, il répandoit parmi les Nations une terreur de ſa puiſſance, qui luy tenoit lieu d'une Victoire perpetuelle.

Ainſi quoy qu'il ait donné pluſieurs fois la paix à l'Europe, & autant de fois que ſes Ennemis vaincus ont voulu la recevoir, jamais le repos, jamais le loiſir ne luy ont rien fait perdre de la gloire ny de la vertu d'un Prince guerrier & conquerant.

Pour luy la Paix a toûjours eſté non ſeulementagiſſante, mais encore victorireuſe. Et par un bonheur incomparable, elle faiſoit ceſſer nos craintes, & n'arreſtoit pas ſes conqueſtes; puis qu'il eſt vray que les trois plus importantes villes du Royaume, & pour ſa Gloire, & pour ſa ſeureté, Dunkerque, Strasbourg, & Cazal, ſont des conqueſtes qu'il a faites au milieu de la Paix. Et ces trois Villes qui ſont les Clefs de trois Eſtats voiſins, & dont la priſe auroit ſignalé trois Campagnes, ayant eſté conquiſes ſans combat & ſans armes, font bien voir que la ſageſſe du Roy ſçait faire naiſtre dans le plus grand calme de la Paix, les plus heureux ſuccés de la Guerre; de meſme que dans les plus grandes fureurs de la Guerre il fait regner toutes les Vertus de la Paix.

N'avons-nous pas vû l'Europe entiere conjurée contre la France ? Tout le Royaume n'a-t-il pas esté environné d'armées ennemies ? Et Cependant est-il jamais arrivé qu'un seul de tant de Generaux estrangers, ait pris seulement un quartier-d'hyver sur nos Frontieres ? Tous ces Chefs ennemis se promettoient d'entrer dans nos provinces en vainqueurs & en conquerans; Mais aucun d'eux ne les a vûës que ceux qui y ont esté amenez prisonniers. Tous les autres sont demeurez autour du Royaume comme s'ils l'avoient gardé, sans troubler la tranquillité dont il joüissoit. Et c'est un prodige inoüy que tant de Nations jalouses de la gloire du Roy, & qui s'estoient assemblées pour le combattre, n'ayent pû faire autre chose que de l'admirer, & d'entendre d'assez loin le bruit terrible de ses foudres qui renversoient les murs de quarante Villes en moins de trente jours; & qui cependant par une espece de miracle n'ont point empesché que la voix des loix n'ait toûjours esté entenduë. Toûjours la Justice egalement gardée, l'Obeïssance renduë, la Discipline observée, le Commerce maintenu, les Arts florissans, les Lettres cultivées, le Merite recompensé, tous les reglemens de la Police generalement executez; & non seulement de la Police Civile, qui par les heureux changemens qu'elle a faits, semble nous avoir donné un autre Air, & une autre Ville; mais encore de la Police Militaire qui a civilisé les Soldats, & leur a inspiré un amour de la Gloire & de la Discipline, qui fait que les Armées

Armées du Roy ſont en meſme-temps la plus belle, & la plus terrible choſe du monde. N'eſt-ce pas là faire regner la Paix juſque dans le ſein de la Guerre? Car enfin ces formidables Armées de cent & deux cents mille hommes ont paſſé & repaſſé dans les Provinces, auſſi paiſiblement que ſi ce n'euſt eſté qu'une ſeule famille. Point de rapine, point de violence, point d'inſulte, le Soldat payant comme le Bourgeois, & l'argent ſe répandant par ce moyen dans toutes les parties du Royaume. De ſorte que des troupes ſi nombreuſes & ſi reglées, eſtoient la richeſſe des païs par où elles paſſoient: ſemblables à ces heureux debordemens du Nil, qui rendent fertiles toutes les Campagnes ſur leſquelles ils ſe répandent.

Quelle gloire pour un Prince Conquerant, que l'on puiſſe dire de luy, qu'il a toûjours eu un Eſprit de paix dans toutes les guerres qu'il a faites! depuis la premiere Campagne juſqu'à la derniere; depuis la priſe de Marſal juſqu'à celle de Luxembourg. Car enfin cette derniere & admirable Conqueſte, qui en aſſurant toutes les autres, vient heureuſement de finir la guerre, fera dire encore plus que jamais, que le Roy eſt un Heros, toûjours Vainqueur, & toûjours Pacifique; Puis que non ſeulement il a pris cette place, une des plus fortes du monde, & qu'il l'a priſe malgré tous les obſtacles de la Nature, malgré tous les efforts de l'Art, malgré toute la reſiſtance des Ennemis: mais ce qui eſt encore plus, malgré luy-meſme. Car il eſt vray qu'il ne l'a attaquée qu'à regret, & aprés avoir pressé long-temps ses Ennemis cent fois vaincus, de vouloir accepter la paix qu'il leur offroit, & de ne le pas contraindre à se servir du droit des armes. De sorte que par un évenement tout singulier, cette fameuse Ville sera toûjours pour la gloire du Roy, un monument éternel, non seulement de la plus grande valeur, mais aussi de la plus grande moderation dont on ait jamais parlé. Et il faut avoüer, MESSIEURS, que de pouvoir ainsi exercer en mesme temps des Vertus si opposées; c'est avoir une grandeur d'Ame toute extraordinaire, & bien au dessus de l'idée qu'Homere a voulu donner de la grandeur de ses Dieux, quand il a dit que d'un seul pas ils franchissoient toute l'étenduë des mers; cette grandeur estant encore trop bornée, pour bien representer celle d'une Ame heroïque, qui est en mesme-temps dans l'extrêmité de la Valeur, & dans l'extrêmité de la Clemence; deux termes plus éloignez l'un de l'autre que ne sont les deux rives de l'Ocean.

Mais je ne puis soûtenir plus long-temps la veuë d'une si extrême grandeur, de gloire & de vertu, ni en parler davantage; & je rentre encore plus avant dans un profond silence d'admiration, dont je ne suis pas mesme sorti; puis qu'il est vray, que tout ce que j'ay dit du Roy n'est rien en comparaison de ce qui s'en peut dire, & de ce qu'en dira cette illustre & sçavante Academie, à laquelle je rends une infinité de graces pour l'honneur qu'elle m'a fait, en luy protestant que j'auray toûjours pour elle une parfaite reconnoissance & une entiere soûmission.

Aprés que M. de Corneille & M. de Bergeret eurent ainsi remercié l'Academie, Monsieur RACINE *qui en estoit Directeur prit la parole, & leur répondit en ces termes:*

ESSIEURS,

Il n'est pas besoin de dire icy, combien l'Académie a esté sensible aux deux pertes considerables qu'elle a faites presque en mesme temps, & dont elle seroit inconsolable, si par le choix qu'elle a fait de vous, elle ne les voyoit aujourd'hui heureusement reparées.

Elle a regardé la mort de Monsieur de Corneille, comme un des plus rudes coups qui la pust frapper. Car bien que depuis un an, une longue maladie nous eust privez de sa présence, & que nous eussions perdu en quelque sorte l'esperance de le revoir jamais dans nos assemblées; toutefois il vivoit, & l'Academie, dont il estoit le Doyen, avoit au moins la consolation de voir dans la Liste, où sont les noms de tous ceux qui la composent, de voir, dis-je, immediatement au dessous du nom ſacré de ſon Auguſte Protecteur le fameux nom de Corneille.

Et qui d'entre nous ne s'applaudiſſoit pas en lui-meſme, & ne reſſentoit pas un ſecret plaiſir d'avoir pour confrere un homme de ce merite ? Vous, Monſieur, qui non ſeulement eſtiez ſon frere, mais qui avez couru long-temps une meſme carriere avec lui, vous ſçavez les obligations que lui a noſtre Poëſie, vous ſçavez en quel eſtat ſe trouvoit la Scene Françoiſe, lors qu'il commença à travailler. Quel deſordre, quelle irregularité ! Nul gouſt, nulle connoiſſance des veritables beautez du theatre. Les Auteurs auſſi ignorans que les Spectateurs. La pluſpart des ſujets extravagans & dénüez de vrayſemblance. Point de mœurs, point de caracteres. La diction encore plus vicieuſe que l'action, & dont les pointes & de miſerables jeux de mots faiſoient le principal ornement. En un mot toutes les regles de l'art, celles meſme de l'honneſteté & de la bienſéance par tout violées.

Dans cette enfance, ou pour mieux dire, dans ce cahos du poëme dramatique parmi nous, voſtre illuſtre Frere, aprés avoir quelque temps cherché le bon chemin, & lutté, ſi j'oſe ainſi dire, contre le mauvais gouſt de ſon ſiecle, enfin inſpiré d'un genie extraordinaire, & aidé de la lecture des Anciens, fit voir ſur la Scene la Raiſon, mais la Raiſon accompagnée de toute la pompe, de tous les ornemens dont noſtre langue eſt capable, accorda heureuſement le Vrayſemblable & le Merveilleux, & laiſſa bien loin derriere lui tout ce qu'il avoit de rivaux, dont la pluſpart deſeſperant de l'atteindre, & n'oſant plus entreprendre de lui diſputer le prix, ſe bornerent à combattre la voix publique déclarée pour lui, & eſſayerent en vain par leurs diſcours & par leurs frivoles critiques, de rabbaiſſer un merite qu'ils ne pouvoient égaler.

La Scene retentit encore des acclamations qu'exciterent à leur naiſſance, le Cid, Horace, Cinna, Pompée, tous ces chefd'œuvres, repreſentez depuis ſur tant de theatres, traduits en tant de langues, & qui vivront à jamais dans la bouche des hommes. A dire le vray, où trouvera-t-on un Poëte qui ait poſſedé à la fois tant de grands talens, tant d'excellentes parties? L'art la force, le jugement, l'eſprit. Quelle nobleſſe, quelle œconomie dans les ſujets! Quelle vehemence dans les paſſions! Quelle gravité dans les ſentimens! Quelle dignité, & en meſme temps quelle prodigieuſe varieté dans les caracteres! Combien de Rois, de Princes, de Heros de toutes nations nous a-t-il repreſentez, toûjours tels qu'ils doivent eſtre, toûjours uniformes avec eux-meſmes, & jamais ne ſe reſſemblant les uns aux autres! Parmi tout cela une magnificence d'expreſſion proportionnée aux Maiſtres du monde qu'il fait ſouvent parler, capable neanmoins de s'abbaiſſer, quand il veut, & de deſcendre juſqu'aux plus ſimples naïvetez du Comique, où il eſt encore inimitable. Enfin, ce qui lui eſt ſur tout particulier, une certaine force, une certaine élevation, qui ſurprend, qui enleve, & qui rend juſqu'à ſes défauts, ſi on lui en peut reprocher quelques-uns, plus estimables que les vertus des autres. Personnage veritablement né pour la gloire de son pays, comparable, je ne dis pas à tout ce que l'ancienne Rome a eû d'excellens Tragiques, puis qu'elle confesse elle-mesme qu'en ce genre elle n'a pas esté fort heureuse; mais aux Eschyles, aux Sophocles, aux Euripides, dont la fameuse Athenes ne s'honore pas moins, que des Themistocles, des Periclés, des Alcibiades qui vivoient en mesme temps qu'eux.

Ouy, Monsieur, que l'Ignorance rabbaisse tant qu'elle voudra l'éloquence & la poësie, & traitte les habiles Escrivains de gens inutiles dans les Estats; nous ne craindrons point de le dire à l'avantage des Lettres, & de ce Corps fameux dont vous faites maintenant partie; du moment que des Esprits sublimes, passant de bien loin les bornes communes, se distinguent, s'immortalisent par des chefd'œuvres comme ceux de Monsieur vôtre Frere; quelque étrange inégalité que durant leur vie la Fortune mette entre eux & les plus grands Heros, aprés leur mort cette difference cesse. La Posterité qui se plaist, qui s'instruit dans les ouvrages qu'ils lui ont laissez, ne fait point de difficulté de les égaler à tout ce qu'il y a de plus considerable parmi les hommes, fait marcher de pair l'excellent Poëte, & le grand Capitaine. Le mesme siecle qui se glorifie aujourd'hui d'avoir produit Auguste, ne se glorifie guere moins d'avoir produit Horace, & Virgile. Ainsi, lors que dans les âges suivans on parlera avec étonnement des victoires prodigieuses, & de toutes les grandes choſes, qui rendront noſtre ſiecle l'admiration de tous les ſiecles à venir ; Corneille, n'en doutons point, Corneille tiendra ſa place parmi toutes ces merveilles. La France ſe ſouviendra avec plaiſir, que ſous le regne du plus grand de ſes Rois a fleuri le plus celebre de ſes Poëtes. On croira meſme ajoûter quelque choſe à la gloire de noſtre auguſte Monarque, lors qu'on dira qu'il a eſtimé, qu'il a honoré de ſes bienfaits cet excellent Genie ; que meſme deux jours avant ſa mort, & lors qu'il ne lui reſtoit plus qu'un rayon de connoiſſance, il lui envoya encore des marques de ſa liberalité ; & qu'enfin les dernieres paroles de Corneille ont eſté des remercimens pour LOÜIS LE GRAND.

Voilà, Monſieur, comme la poſterité parlera de voſtre illuſtre Frere. Voilà une partie des excellentes qualitez, qui l'ont fait connoiſtre à toute l'Europe. Il en avoit d'autres, qui bien que moins éclatantes aux yeux du Public, ne ſont peut-eſtre pas moins dignes de nos loüanges ; je veux dire, homme de probité, de pieté ; bon pere de famille, bon parent, bon ami ; vous le ſçavez, vous qui avez toûjours eſté uni avec lui d'une amitié, qu'aucun intereſt, non pas meſme aucune émulation pour la gloire n'a pû alterer. Mais ce qui nous touche de plus prés, c'eſt qu'il eſtoit encore un tres-bon Académicien. Il aimoit, il cultivoit nos exercices. Il y apportoit ſur tout cet eſprit de douceur, d'égalité, de déference meſme, ſi neceſſaire pour entretenir l'union dans les Compagnies. L'a-t-on jamais vû ſe preferer à aucun de ſes

Confreres ? L'a-t-on jamais vû vouloir tirer icy aucun avantage des applaudissemens qu'il recevoit dans le Public ? Au contraire aprés avoir paru en maistre, & pour ainsi dire, regné sur la scene, il venoit disciple docile chercher à s'instruire dans nos assemblées, laissoit, pour me servir de ses propres termes, laissoit ses lauriers à la porte de l'Académie, toûjours prest à soûmettre son opinion à l'avis d'autruy, & de tous tant que nous sommes le plus modeste à parler, à prononcer, je dis mesme sur des matieres de poësie.

Vous auriez pû bien mieux que moy, Monsieur, lui rendre icy les justes honneurs qu'il merite, si vous n'eussiez peut-estre apprehendé avec raison, qu'en faisant l'éloge d'un Frere, avec qui vous avez d'ailleurs tant de conformité, il ne semblast que vous faisiez vostre propre éloge. C'est cette conformité que nous avons tous eû en veuë, lors que tout d'une voix nous vous avons appellé pour remplir sa place ; persuadez que nous sommes que nous retrouverons en vous, non seulement son nom, son mesme esprit, son mesme enthousiasme, mais encore sa mesme modestie, sa mesme vertu, son mesme zele pour l'Académie.

Je m'apperçoy qu'en parlant de modestie, de vertu, & des autres qualitez propres pour l'Académie, tout le monde songe icy avec douleur à l'autre perte que nous avons faite ; je veux dire à la mort du sçavant Monsieur de Cordemoy, qui avec tant d'autres talens possedoit au souverain degré toutes les parties d'un veritable Académicien ;

sage

ſage, exact, laborieux, & qui, ſi la mort ne l'euſt point ravi au milieu de ſon travail, alloit peut-eſtre porter l'Hiſtoire, auſſi loin que M. de Corneille a porté la Tragedie. Mais aprés tout ce que vous avez dit ſur ſon ſujet, * vous, Monſieur, qui par l'éloquent Diſcours que vous venez de faire, vous eſtes montré ſi digne de lui ſucceder, je n'ay garde de vouloir entreprendre un éloge qui ſans rien ajoûter à ſa loüange ne feroit qu'affoiblir l'idée que vous avez donnée de ſon merite.

* à Monſieur de Bergeret.

Nous avons perdu en lui un homme, qui aprés avoir donné au barreau une partie de ſa vie, s'eſtoit depuis appliqué tout entier à l'eſtude de noſtre ancienne Hiſtoire. Nous lui avons choiſi pour ſucceſſeur un Homme, qui aprés avoir eſté aſſez long-temps l'organe d'un Parlement celebre, a eſté appellé à un des plus importans emplois de l'Eſtat, & qui, avec une connoiſſance exacte & de l'Hiſtoire, & de tous les bons livres, nous apporte encore quelque choſe de bien plus utile & de bien plus conſiderable pour nous, je veux dire la connoiſſance parfaite de la merveilleuſe Hiſtoire de noſtre Protecteur.

Et qui pourra mieux que vous, nous aider à parler de tant de grands évenemens, dont les motifs & les principaux reſſorts ont eſté ſi ſouvent confiez à voſtre fidelité, à voſtre ſageſſe? Qui ſçait mieux à fond tout ce qui s'eſt paſſé de memorable dans les Cours eſtrangeres, les Traittez, les Alliances, & enfin toutes les importantes Negociations, qui ſous ſon regne ont donné le branle à toute l'Europe?

Toutefois, diſons la verité, Monſieur, la voye

de la Negociation eſt bien courte, ſous un Prince, qui ayant toûjours de ſon coſté la puiſſance & la raiſon, n'a beſoin pour faire executer ſes volontez, que de les déclarer. Autrefois la France trop facile à ſe laiſſer ſurprendre par les artifices de ſes Voiſins, autant qu'elle eſtoit heureuſe & redoutable dans la guerre, autant paſſoit-elle pour eſtre infortunée dans les accommodemens. L'Eſpagne ſur tout, l'Eſpagne ſon orgueilleuſe ennemie ſe vantoit de n'avoir jamais ſigné, meſme au plus fort de nos proſperitez, que des traittez avantageux, & de regagner ſouvent par un trait de plume, ce qu'elle avoit perdu en pluſieurs campagnes. Que lui ſert maintenant cette adroite politique dont elle faiſoit tant de vanité ? Avec quel étonnement l'Europe a-t-elle vû, dés les premieres démarches du Roy, cette ſuperbe Nation contrainte de venir juſques dans le Louvre reconnoiſtre publiquement ſon inferiorité, & nous abandonner depuis par des Traittez ſolemnels tant de Places ſi fameuſes, tant de grandes Provinces, celles meſme dont ſes Rois empruntoient leurs plus glorieux titres ! Comment s'eſt fait ce changement ? Eſt-ce par une longue ſuite de negociations traiſnées ? Eſt-ce par la dexterité de nos Miniſtres dans les pays eſtrangers ? Eux-meſmes confeſſent que le Roy fait tout, voit tout dans les Cours où il les envoye, & qu'ils n'ont tout au plus que l'embarras d'y faire entendre avec dignité ce qu'il leur a dicté avec ſageſſe.

Qui l'euſt dit au commencement de l'année derniere, & dans cette meſme ſaiſon où nous ſommes, lors qu'on voyoit de toutes parts tant de haines éclater, tant de ligues se former, & cet Esprit de discorde & de défiance qui souffloit la guerre aux quatre coins de l'Europe; qui l'eust dit qu'avant la fin du Printemps tout seroit calme? Quelle apparence de pouvoir dissiper si-tost tant de ligues? Comment accorder tant d'interests si contraires? Comment calmer cette foule d'Estats, & de Princes, bien plus irritez de nostre puissance, que des mauvais traittemens qu'ils prétendoient avoir reçûs? N'eust-on pas crû que vingt années de Conferences ne suffisoient pas pour terminer toutes ces querelles? La Diete d'Allemagne, qui n'en devoit examiner qu'une partie, depuis trois ans qu'elle y estoit appliquée, n'en estoit encore qu'aux préliminaires. Le Roy cependant, pour le bien de la Chrestienté, avoit resolu dans son Cabinet, qu'il n'y eust plus de guerre. La veille qu'il doit partir, pour se mettre à la teste d'une de ses armées, il trace six lignes, & les envoye à son Ambassadeur à la Haye. Là dessus les Provinces deliberent, les Ministres des Hauts Alliez s'assemblent; tout s'agite, tout se remuë; les uns ne veulent rien ceder de ce qu'on leur demande, les autres redemandent ce qu'on leur a pris; mais tous ont resolu de ne point poser les armes. Mais lui, qui sçait bien ce qui en doit arriver, ne semble pas mesme prester d'attention à leurs Assemblées; & comme le Juppiter d'Homere, aprés avoir envoyé la Terreur parmi ses ennemis, tournant les yeux vers les autres endroits qui ont besoin de ses regards, d'un costé il fait prendre Luxembourg, de l'autre il s'avance lui-mesme aux portes de Monts ; icy il envoye des Generaux à ses Alliez, là il fait foudroyer Génes; il force Alger à lui demander pardon ; il s'applique mesme à regler le dedans de son Royaume, soulage ses peuples, & les fait joüir par avance des fruits de la paix, & enfin, comme il l'avoit préveû, voit ses Ennemis, aprés bien des conferences, bien des projets, bien des plaintes inutiles, contraints d'accepter ces mesmes conditions qu'il leur a offertes, sans avoir pû en rien retrancher, y rien ajoûter, ou pour mieux dire, sans avoir pû, avec tous leurs efforts, s'écarter d'un seul pas du cercle estroit qu'il lui avoit plû de leur tracer.

Quel avantage pour tous tant que nous sommes, MESSIEURS, qui chacun selon nos differens talens, avons entrepris de celebrer tant de grandes choses ! Vous n'aurez point pour les mettre en jour, à discuter avec des fatigues incroyables une foule d'intrigues difficiles à développer. Vous n'aurez pas mesme à foüiller dans le cabinet de ses Ennemis. Leur mauvaise volonté, leur impuissance, leur douleur est publique à toute la terre. Vous n'aurez point à craindre enfin tous ces longs détails de chicanes ennuyeuses, qui sechent l'esprit de l'Escrivain, & qui jettent tant de langueur dans la pluspart des Histoires modernes, où le Lecteur, qui cherchoit des faits, ne trouvant que des paroles, sent mourir à chaque pas son attention, & perd de veuë le fil des évenemens. Dans l'Histoire du Roy tout vit, tout marche, tout eſt en action. Il ne faut que le ſuivre ſi l'on peut, & le bien eſtudier lui ſeul. C'eſt un enchaiſnement continuel de faits merveilleux, que lui-meſme commence, que lui-meſme acheve, auſſi clairs, auſſi intelligibles quand ils ſont executez, qu'impenetrables avant l'execution. En un mot le miracle ſuit de prés un autre miracle. L'attention eſt toûjours vive, l'admiration toûjours tenduë; & l'on n'eſt pas moins frappé de la grandeur & de la promtitude avec laquelle ſe fait la Paix, que de la rapidité avec laquelle ſe font les Conqueſtes.

Heureux ceux qui comme vous, Monſieur, ont l'honneur d'approcher de prés ce grand Prince, & qui aprés l'avoir contemplé avec le reſte du monde dans ces importantes occaſions où il fait le deſtin de toute la Terre, peuvent encore le contempler dans ſon particulier, & l'eſtudier dans les moindres actions de ſa vie, non moins grand, non moins Heros, non moins admirable, plein d'équité, plein d'humanité, toûjours tranquille, toûjours maiſtre de lui, ſans inégalité, ſans foibleſſe, & enfin le plus ſage & le plus parfait de tous les hommes!

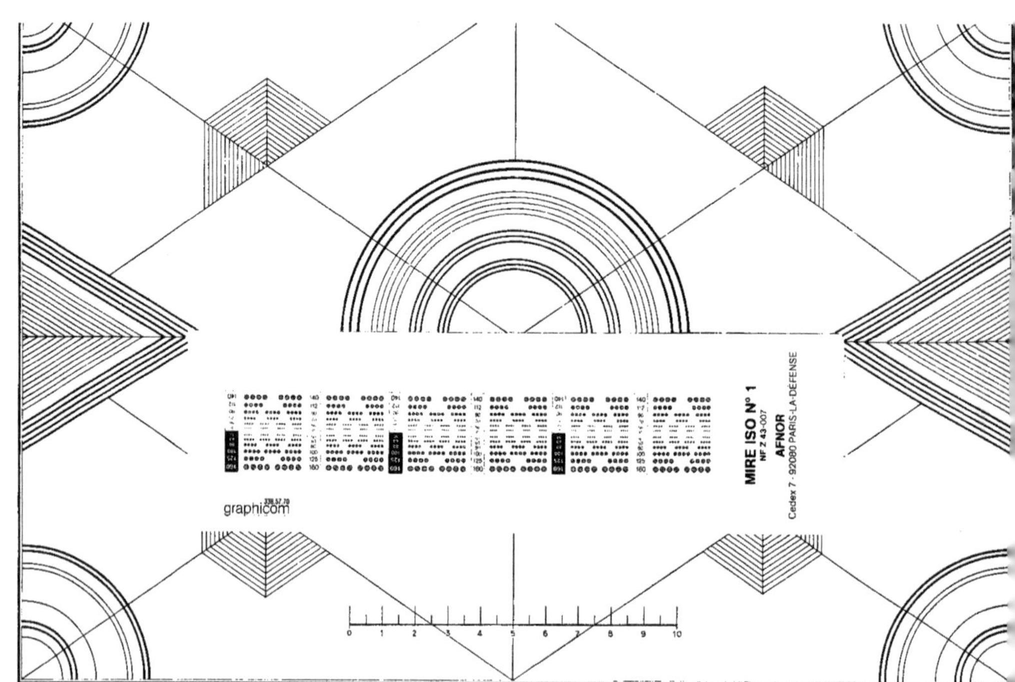

SERVICE PHOTOGRAPHIQUE

www.ingramcontent.com/pod-product-compliance
Ingram Content Group UK Ltd.
Pitfield, Milton Keynes, MK11 3LW, UK
UKHW021040180726
13838UKWH00004B/1914

9 782329 385259